아킬레우스의 승리

The Triumph of Achilles

아킬레우스의 승리

루이즈 글릭 시집
정은귀 옮김

시공사

젖은 풀밭에 처음 피어난 꽃—
아, 내 몸아, 네겐 단 하나의
임무만 주어졌는데, 왜
넌 그걸 반복하지 않으려 하니?

"하지만 만약, 사람들이 말하듯, …… 그의 고통이 외모에만 있었다면,
그렇다면 나는 어째서 죄수이며, 나는 어째서 그 거친 짐승들과
싸우기를 갈망하나요?"—이그나티우스

"조이는 악에서 선을 알아가기 시작했다. 그리 하는 이는 누구나
이 땅에서 인간으로 살게끔 되어 있다."—브루노 베텔하임

III.

가짜 오렌지 나무 (고광나무)

Mock Orange

달이 아니야, 내가 말해 줄게.
마당을 비추는 것은
이 꽃들이라고.

나는 그 꽃들이 너무 싫어.
섹스만큼이나 싫어,
내 입을 꽉 막는
남자의 입, 날 마비시키는
남자의 몸—

그리고 늘 달아나는 그 비명,
그 저급하고 굴욕적인
결합의 약속—

오늘 밤 마음속으로 나는
듣네, 그 질문과 따라가는 대답을,
하나의 소리에 섞여서
오르고 또 오르다가 그러다
쪼개어지네, 낡은 두 개의 자아로
그 지친 적대감들로. 당신은 보여?

우린 바보가 되었다고.
고광나무 향기가
창문으로 넘나들고.

어떻게 내가 쉴 수 있겠어?
어떻게 내가 만족할 수 있겠어,
세상에 그 냄새가
아직도 있는데?

변신

Metamorphosis

I. 밤 *Night*
죽음의 천사가
아버지의 침대 위로 낮게 날아간다.
어머니만이 그걸 본다. 어머니와 아버지만
방에 있다.

어머니는 아버지한테 몸을 굽혀 아버지 손을,
아버지 이마를 만진다. 어머니는
엄마 노릇에 너무 익숙해서
이제 아버지의 몸을
아이들에게 하듯이 살살
쓰다듬는다, 처음엔 부드럽게
그러다 고통에 무감해진다.

달라진 것은 하나도 없다.
심지어 폐에 있는 반점도
늘 거기 있었다.

2. 변신 *Metamorphosis*
아버지는 나를 잊어버렸다
죽어 가는 일에 너무 흥분해서.
밥을 안 먹으려는 아이처럼
아버지는 뭐든지 다 뻗대신다.

아버지 침대 끄트머리에 나는 앉아 있다
살아 있는 이들이 나무 그루터기처럼
우리를 빙 두르고 있다.

한 번은, 어느 순간의
제일 짧은 순간에, 나는 생각했다
아버지가 다시 현재에 살아 있었다고;
그러자 아버지가 나를 바라보았다
마치 눈먼 사람이 해를 똑바로
응시하듯, 그에게 할 수 있는 일은
이미 다 끝난 일이기에.

그러다 아버진 빨개진 얼굴로
그 계약을 거부했다.

3. *내 아버지를 위해 For My Father*
나는 당신 없이 살 거예요
엄마 없이 사는 법을
언젠가 배웠으니.
제가 그걸 기억 못 한다고 생각하죠?
평생 안간힘으로 그걸 기억하려 했지요.

이제, 그처럼 지독한 고독 후에,
죽음이 더는 두렵지 않아요,
당신 죽음도요, 내 죽음도요.
또 그 *마지막 시간*, 그 낱말들은,
내게 아무런 힘이 없어요. 나는 알지요
강렬한 사랑은 늘 애도로 이어진다는 걸.

이번만은, 당신 몸이 나를 놀라게 하지 않네요.
이따금, 나는 당신 얼굴을 내 손으로 가볍게
먼지 닦는 천처럼 어루만집니다.
이제 무엇이 나를 놀라게 할 수 있을까요?
뭐라 설명하기 힘든 어떤 차가움도 느껴지지 않아요.
당신 뺨에 닿은 내 손은 따뜻하고

부드러움으로 가득하니까요.

닮음을 곱씹어 보며

Brooding Likeness

나는 황소의 달에 태어났다,

무겁게 가라앉은 달,

혹은 낮아진 이들의 달, 파괴적인 머리의 달,

혹은 의도적인 눈멺의 달에. 그래서 나는 안다, 그림자 진

풀밭 너머로, 그 고집스러운 것이, 고개 들지 않는 것이,

거부당한 세상을 아직도 감지하고 있음을. 그것은

경기장, 어떤 먼지 우물이다. 그리고 그가 죽음의 얼굴로

내려다보는 걸 지켜보고 있는 당신, 헌신에

대해 당신은 무얼 아시는지요? 만약 황소가

조심스런 복수를 하고 있다면, 황소는 하늘에서, 당신처럼,

늘 움직이고 있으니, 그러면 된 거 아닌가요,

자기 뜻도 아니고, 검은 들판 가로질러

바퀴에 걸린 자갈처럼, 반짝이는 짐처럼요.

망명

Exile

그는 그들 중 하나인 척
하지 않았다. 그들은 시인을,
대변인을 필요로 하지 않았다. 그는
개의 마음을 보았다, 일하는
기생충의 입술을—
그 자신 작은 아파트에서
듣는 것을 더 좋아했다
침묵을 통해 자기 의지를 드러내고자
미술관에서 카메라를 점검하는 남자처럼:
어떤 다른 망명은 없다.
나머지는 이기주의다; 피비린내 나는 거리에서,
그런 나는, 사기꾼—
그는 거기에 *있었다*, 혁명에 집착하여,
그 자신의 도시에,
길이 아니라
불가피한 반복일 뿐인
나무 계단을 매일 오르며
또 이십 년 동안
그가 본 걸로
어떤 시도 짓지 않고: 그의 대단한 성취가

몰수당한 것도 아니었다. 그의 마음에는,
그들의 투옥과 그의 선택을 같이 보지 않는
어떤 아우성도 있을 수 없었으며
그 재능이 오염되는 것은
그가 허용하지 않을 터였다.

겨울 아침

Winter Morning

1.
오늘, 일어나서 내게 물어 보았다,
왜 그리스도가 죽었지? 그런 질문의
의미를 누가 알겠는가?

믿을 수 없을 정도로 추운 겨울 아침이었다.
하여 생각이 계속되었다,
하나의 질문 이후 다른 질문이
이어졌다, 나뭇가지에서 잔가지가 나오듯,
검은 나무 몸통에서 나뭇가지가 나오듯.

2.
이와 같은 때,
한 젊은 여인이 사막의 마을들을 지나고 있었다,
앞도 보지 않고 뒤도 보지 않고
지친 동물 위에 완벽한 평온 속에 앉아서,
아이는 여전히 깊은 애착에 갇힌 채로 꿈틀거렸다―
남편은 좀 앞서 걸었다, 더 늙고, 이 자리에 안 어울리는 사람;

노새는 점점 더 비틀거렸다, 어둠 속에서
길이 힘들어졌기에, 그럼에도 그들은 계속 나아갔다,
우리 세상과 같은 세상에서, 사람이 다스리지 않고
하늘에 있는 동상에 지배되는 세상에서—

3.
인류를 대표하는
군중들 위에, 먼 시절의
길 잃은 시민들,

모욕당한 육신이
죄인처럼 십자가에 매달려
공개적으로 죽어 가고
그 반짝이는 도시, 예루살렘 위에서

그사이 새들이 엄청난 무리를 이루어
그 육신을 맴돌았다, 다른 이들 위에 있는
이런 형태를 특별히 좋아해서는 아니었다

사람들은 다 똑같았기 때문에,
그 공기에 패배한 채,

한편 공중에서
새의 몸은 플래카드가 되고:

하지만 필요한 교훈은
다른 교훈이었다.

4.
믿을 수 없는 봄날에
그는 우리 가운데서
우리 중 하나로 움직이는 것 같았다

생명의 장막으로 덮인 푸른 유대 땅에서,
올리브 나무 사이로, 봄으로 흐릿해진
수많은 형체들, 어쩔 수 없이

먹고 쉬려고 멈추어 있는 형체들 사이로,

일부는 심었고, 일부는 바람에 날려 와 피어난
수천 가지 꽃들 사이로,

모든 사람들처럼, 이 땅에서
인정받기를 원했기에,
그는 제자들에게 말씀하셨다

온전한 손을 들어, 사람의 목소리로:
말씀하신 것은 바람이었나? 아니
성모님 머리를 쓰다듬은 건, 그러자 성모님이 눈을 들었다

그의 차가움에, 그가 완수한,
피할 수도 있었을 육신의 파괴에도
더는 상처 받지 않고—

이것은 해가 아니었다.
이것은 빛의 보호막 안에 계신 그리스도였다:

그렇게 그들은 맹세했다. 또 다른 증인들이 있었으니
비록 모두 눈이 먼 이들이었으나,

그들은 모두 사랑에 흔들린 이들이었다—

5.
이곳의 겨울들은 길다.
어두운 잿빛 길, 은빛 이끼 입은 잿빛 단풍나무,
해는 수평선에 낮게 걸려 있다,
파란 하늘 위에선 희고; 해질 녘에는, 선명한 주홍색.

내가 눈을 감으면 그것은 사라진다.
내가 눈을 뜨면, 그것은 다시 나타난다.
밖에는, 봄비가, 맥박이, 창문에는 옅은 막이.

그리고 갑자기 여름이다, 온통 기막힌 과일과 빛.

앉아 있는 모습

Seated Figure

당신은 마치 다리가 무릎에서 잘려
휠체어를 탄 사람이 된 것만 같았어요.
하지만 나는 당신이 걷기를 바랐어요.
여름 저녁에 팔짱을 끼고,
우리가 연인처럼 걷기를 바랐어요,
그리고 그런 상상을 너무너무 믿었기에
나는 말해야 했어요, 당신이 일어서도록 재촉해야 했지요.
당신은 왜 내가 말을 하도록 했나요?
당신 얼굴에 어린 고뇌를 받아들이듯 나는 당신 침묵을
움직이기 위한 노력의 일부로 받아들였지요—
내가 손을 내밀고 영원히 서 있는 것 같았어요.
그 시간 동안, 내가 본 걸 받아들일 수 없었던 것처럼
당신은 더는 당신 자신을 치유할 수 없었지요.

신화의 파편

Mythic Fragment

그 근엄한 신이
선물을 들고 내게 다가왔을 때
내 두려움이 그를 매혹시켰고
그래서 그는 젖은 풀밭을 가로질러
더 빨리 달렸다, 그가 주장하듯,
나를 찬양하려고. 나는 찬양하는
포로를 보았다; 수금을 뿌리치며,
나는 바다에 있는 내 아버지에게
나를 구해 달라고 간청했다. 신이
도착했을 때, 나는 아무 데도 없었다,
나는 영원히 나무 속에 있었다. 독자여,
아폴로를 불쌍히 여기라: 물가에서,
나는 아폴로에게서 돌아서서,
보이지 않는 아버지를 소환했다—
신의 품 안에서 내가 뻣뻣해지자,
내 아버지는 그의 드넓은 사랑으로
물에서 어떤 다른 표징도
없애 버렸다.

히야신스

Hyacinth

1.

그게 꽃을 위하는 태도인가. 산책로에
말뚝처럼 서 있는 것이; 가련하게 살해된 소년,
그게 신들에게 감사를
표하는 방식인가? 색색의
심장을 가진 흰, 키 큰 꽃들이
네 주위에서 다른 모든 소년들 주위에서 흔들린다,
차가운 봄에, 제비꽃이 피어나듯이.

2.

그 옛날 그리스 시대엔 꽃들이 없었다,
하지만 소년들의 몸은, 창백하고, 완벽하게 그려졌다.
그래서 신들은 그리움과 함께 인간의 형상으로 가라앉았다.
들판에서, 버드나무 숲에서,
아폴로는 신하들을 돌려보냈다.

3.

그리고 상처에서 흐르는 피에서

꽃이 피어났다, 백합처럼, 티레의
자주색보다 더 찬란한 꽃이.
그러자 신이 울었다: 넘치는 그
슬픔이 온 땅을 덮었다.

4.
아름다움은 죽는다: 그것이 창조의
근원이다. 나무들의 나이테 바깥에서
귀족들은 들을 수 있었다
비둘기의 신호가 보내는
그 단일한, 태어나지 않은 슬픔을—
그들은 바스락거리는 버드나무 사이에서 귀 기울이며 서 있었다.
이게 신의 애도였던가?
그들은 조심스레 귀 기울였다. 잠깐 동안
모든 소리가 슬펐다.

5.
다른 불멸은 없다:

차가운 봄에, 자주색 제비꽃이 피어난다.
하지만, 그 심장은 까맣다,
적나라하게 노출된 심장의 폭력이다.
아니면 중심에 있는 심장이 아니라
어떤 다른 단어인가?
이제 누군가가 그 꽃들 위로 몸을 수그린다.
꽃들을 모으려는 거다—

6.
영원한 유배에 묶인 채
기다릴 수만은 없었다.
반짝이는 숲 사이로
신하들은 달렸다,
소란스런 새들 소리 너머로
버드나무 정처 없는 슬픔 너머로
친구의 이름을
부르면서,
밤이 깊도록 그들은 울었다,
그들의 맑은 눈물이

지상의 색을 바꾸지는 못했다.

아킬레우스의 승리

The Triumph of Achilles

파트로클로스 이야기에선
한 명도 살아남지 못한다, 거의 신에
가까웠던 아킬레우스조차도.
파트로클로스는 아킬레우스를 닮았다; 그들은
똑같은 갑옷을 입었다.

이런 우정에는 늘
한쪽이 다른 쪽을 섬긴다, 한쪽이 다른 쪽보다 낮다:
위계질서는
늘 뚜렷하다, 전설을
늘 믿을 수 있는 건 아니지만—
전설의 출처는 생존자다,
버려진 존재다.

이 손실과 비교할 때
불붙은 그리스 배들은 무엇이었나?

자기 천막 안에서, 아킬레우스는
자신의 온 존재로 슬퍼했다
그리고 신들은 보았다

그가 이미 죽은 사람임을,
사랑한 쪽의 제물이었음을,
죽을 운명이었던 쪽의.

바구니들

Baskets

1.
좋은 일이다,
시장에서
상추들 가운데서
공평하게, 상추 머리 무게를 가늠하며,
바깥 이파리들을
세심히 살펴보는 것, 심지어
흙냄새를 맡으려는 듯
콩콩거리는 일,
어느 머리에 어떤
흔적은 남아 있어서—본질이
아니라
흔적으로—그래서
그녀는 다른 것보다
그걸 더 좋아한다, 더
분리된 머리들, 그게
제일 신선하다: 행상인의 아내에게
경쾌하게 고갤 끄덕이며,
그녀는 이게 더 좋다는 걸 알린다,
늙은 여자지만, 아직

판단력은 생생하기에.

2.
세상의 원—
그 한가운데, 개 한 마리
분수대 가에 앉아 있다.
거기서 노는 아이들은
마을을 오며 가며,
놀다가 잠시 흥미를 잃으면
갑자기 멈춰 서서 개에게 인사를 건넨다,
푸른 도자기 조각들로 장식된
막대기들이 있는 작은 마을이다;
아이들은 뜨거운 먼지 속에서
늘어져 있는 개 옆에 쪼그리고 앉는다:
햇빛의 화살들이
개 주위로 춤을 춘다.
이제, 저 너머 들판에선
어떤 대단한 행사가 끝나 가는 중이다.
둘씩, 셋씩, 대담하게

셔츠를 휘날리며
선수들은 성큼성큼 걷는다,
빨강과 파랑, 파랑과 눈부신 자주색을
평평한 땅 위로
그 사소한 표면 위로 흩뿌리며,

3.
주님, 제게 고독을
주신 분, 저는 해가
지는 것을 바라봅니다:
시장에서
좌판은 비어 있고, 남은 아이들은
분수대에서 토닥거리네요—
하지만 밤이 되어, 해가
보이지 않을 때에도
해의 불꽃은
여전히 보도를 달구고 있고요.
그래서 이 세상에, 그처럼
많은 생명이 생겨났지요,

해가 그 주변으로
꾸준히 온기를 유지하고 있으니까요.
이게 당신의 뜻을 보여 주나요:
그 게임이 다시 시작된다는 걸,
분수의 아기 신
아래 저 땅 속에서;
정해진 것은 없지요,
죽음에 대한 보장도 없고요—

4.
나는 바구니를 들고 황동의 시장으로 간다,
사람들이 모이는 곳으로.
나는 당신에게 묻는다, 사람은
얼마나 많은 아름다움을 견딜 수 있나요? 그건
추(醜)함보다 더 무겁고, 심지어
공허의 무게도 그 옆에선 아무것도 아니다.
계란 판들, 파파야, 노란 레몬 자루들—
나는 강한 여자가 아니다. 그렇게나
많이 원하는 건 쉽지 않다, 버드나무든

구부러진 갈대든, 그처럼 무거운
바구니를 들고 걷는 것은.

해방

Liberation

정신이 흐릿해졌다,
더 이상 사냥을 할 수가 없다.
내 총을 토끼가 다니는 길 위에 내려놓는다.

나는 도망칠지 가만히 있을지
결정하지 못하고
추격자의 눈에 포획된
그 짐승이 된 것만 같았다―

처음으로 알게 되었다
추격자의 눈은 텅 비어 있어야 한다는 걸
죽이면서 동시에 심문하는 것은
불가능하니까 말이다.

그러다 셔터가 찰칵,
토끼는 달아났다. 토끼는 도망쳤다
텅 빈 숲으로

나의 그 부분
그것은 희생자였다.

희생자들만이 운명이 있다.

그리고 사냥꾼, 허우적거리는
것은 무엇이든 찢겨지길
원한다고 믿는 이:

그쪽은 꼼짝없이 마비된다.

II.

그 포옹

The Embrace

그녀는 그에게 신을 가르쳤다. 그게 가르침이었나? 그는
계속 신들을 증오했지만, 긴 저녁 이어지는 이야기를
그가 귀담아 들을 때, 신들은 진짜가 되었다. 그들이 변했다는
게 아니다.
신들은 인간의 천성으로는 다가오지 않았다.
불빛 아래서, 그는 그녀의 얼굴을 바라보았다.
하지만 그녀는 아무 느낌이 없었다; 그녀는 타고난 욕구를
거부했으니 그러면, 어둠 속에서 그가 그녀를 되돌리곤 했다―
수풀 위로, 도시가 장엄하게 솟아올랐다
모든 날것이 지면으로 올라오듯이.

마라톤

Marathon

1. *마지막 편지 Last Letter*
울면서, 가만히 서 있다가—그러다 다시 정원으로 나갔죠.
들판에는, 하얀 민들레 머리들이 성인들처럼 열 지어 서 있다가
이제 머리를 수그리고, 이제 경외감으로 꼿꼿해지네요—
들판 가장자리에는, 토끼 한 마리: 겁에 질려 못 박힌 토끼의 눈,
침묵, 종소리—

무심결에, 나는 풀밭에 무릎을 꿇었어요, 기도하려는 사람처럼.
다시 일어서려 했지만, 다리가 완전히 굳어 버려
움직일 수 없었어요. 슬픔이 당신을 그렇게 바꾸나요?
자작나무 사이로, 연못이 보였어요.
해가 물 속으로 자그만 흰 구멍들을 뚫고 있었어요.

마침내 나는 일어나; 연못으로 걸어 내려갔죠.
거기 서서, 치마에 붙은 풀을 털면서, 나를 바라보았죠,
첫 사랑 연인을 따라, 알몸으로,
욕실 거울에서 천천히 돌아서며, 어떤 신호를 찾는, 소녀처럼.
하지만 여자에게 있어 발가벗는 건 늘 하나의 포즈랍니다.
나는 변모되지 않았어요. 내게 자유는 없을 거예요.

2. *강의 노래 Song of the River*
한때 우린 행복했지요, 우린 기억이 없었어요.
그 모든 반복에도, 어떤 일도 두 번 일어나지 않았어요.
우리는 늘 강과 나란히 걸어가고 있었어요,
나아간다는 생각도 없이
우리 맞은편 숲에는
가끔 자작나무가, 때로는 편백나무가 있었고—
하늘은 파랬어요, 푸른 유리 매트릭스.

강물 속에는 이런 저런 것들이 지나가고 있었어요—
나뭇잎 몇 장, 빨강색 흰색으로 칠해진 아이의 보트,
물빛에 얼룩진 돛—

그것들 지나가면 물 위에 비친 우릴 볼 수 있었죠;
우리는 떠가는 것 같았지요,
따로 떨어져 또 함께, 마치 강물이
우리를 영원히 이어 주는 듯, 비록 그 앞쪽에는
기념품을 고르는 다른 커플들이 있었지만.

3. 만남 *The Encounter*

당신은 침대 옆으로 와서
앉아선 나를 빤히 바라보네요.
그리고 당신은 내게 키스했지요—내 이마에
뜨거운 밀랍이 닿는 것 같았어요.
그게 어떤 흔적을 남겼으면 했어요:
그렇게 나는 내가 당신을 사랑한다는 걸 알았어요.
왜냐하면 불에 타고, 새겨지고,
마침내 어떤 걸 갖고 싶었으니까—
가운을 머리 위로 끌어올렸어요;
내 얼굴과 어깨가 온통 붉게 화끈거렸지요.
그런 코스로 나아갈 거였지요, 불의 코스,
두 눈 사이, 이마에 차가운 동전을 놓으며.
당신은 내 옆에 누웠고; 당신 손이 내 얼굴 위로 움직였어요
당신도 그렇게 느낀 것 같았어요—
그때, 내 당신을 얼마나 원했는지, 당신 분명 알았을 거예요.
우리는 항상 그걸 알지요, 당신과 나는.
내 몸이 그 증거일 테니.

4. *장애물의 노래 Song of Obstacles*
내 사랑이 나를 만질 때, 내 몸의 느낌은 지구를 덮는
빙하가 처음으로 움직이는 것 같아요,
얼음이 움직이면서, 큰 바위들과 엄숙한 바위 언덕들을
밀어냅니다: 그렇게, 숲 속에서, 뿌리 뽑힌 나무들이
떨어져 나간 팔다리들의 바다가 되지요—
그러다 도시들이 있는 곳에서는, 이런 것들도 사라집니다,
한숨 쉬는 정원들, 은박지 금박지 천천히
뿌리며, 안뜰에서 초콜릿을 먹는
어린 소녀들: 그리고, 도시들이 있던 곳에서는,
광석, 발굴된 신비들이: 그래서 나는 바라보네요,
얼음은 바위보다 단순한 저항보다 더 강력하다는 것을—

그럴 때 우리에겐, 그 길에서, 시간은 지나지 않아요,
단 한 시간도.

5. *밤 노래 Night Song*
랜턴 불빛을 올려다보세요.
보이지 않나요? 고요한 어둠은

천국의 공포랍니다.

우린 너무 오래 떨어져 있었어요, 너무 힘들게 헤어져 있었죠.
꿈을 꾸는 것, 보는 걸 포기하는 걸 당신은
어찌 견딜 수 있나요? 당신도 분명 꿈꾸고 있다 싶은데,
얼굴이 온통 은은한 기대감으로 가득 차서.

미래가 없다는 걸 말해 주려면, 내가 당신을 깨워야 하지요,
그게 바로 우리가 자유로운 이유. 지금은 내 안의 어떤 약점이
영원히 치유되었으니, 나는 내 눈을 감을 필요도 없고
돌아가 바로잡을 필요도 없네요—

해변은 고요하고; 바다는, 넘치는 생명 다 가시어,
불투명하고, 바위 같아. 바다 언덕에, 해조류들 무리 속에서,
바닷새들 둑 위에서 잠자고 제비갈매기, 암살병들—

당신 피곤하군요; 그렇게 보여요.
우리 둘 다 피곤하죠, 대단한 연극을 해 왔으니.
우리 손도 차가워요, 손이 불쏘시개 같았는데.
옷은 모래 위에 흩어져 있고; 참 이상하지요,

옷이 재로 변하지 않았어요.

내가 배운 걸 말해 줘야지요, 이제 나는
꿈꾸는 사람들에게 어떤 일이 일어나는지 안다고.
그이들은 변해야 할 때 그걸 느끼지 못합니다. 어느 날,
그들은 깨어나, 옷을 입네요, 늙은 거지요.

오늘 밤, 그 회전을 느껴 보는 것, 나
두렵지 않아요. 열정이 그런 평화를 주는데
당신은 어떻게 잠이 오나요?
오늘 밤 당신은 나와 같아서, 그 운 좋은 이들 중 하나.
당신은 원하는 걸 갖게 되겠지요. 당신은 망각을 얻겠지요.

6. *시작 The Beginning*
나는 소지품도 없이 낯선 도시에 왔어요:
꿈속에서, 그 도시는 당신의 도시였고, 나는 당신을 찾고 있었어요.
그러다 과일 가판대 늘어선 어두운 거리에서 난 길을 잃었어요.

한 가지 과일만 있었어요; 검붉은 오렌지.

시장엔 그 과일만 진열되어 있었어요, 예쁘게—
달리 어떻게 경쟁할 수 있을까요? 각각의 줄마다, 가운데,
과일 하나가 잘린 채 놓여 있었어요.

그러다 나는 큰 도로에 있었어요, 햇살이 눈부셨어요.
나는 달리고 있었어요; 가진 게 없었기에, 달리는 건 쉬웠지요.
멀리, 당신 집이 보였죠; 마당에 한 여자 무릎을 꿇고 있네요.
사방에 장미가 있고; 파도처럼, 장미는 높은 격자를 타고 올라갔
네요.

그때, 당신에 대한 사랑으로 시작한 것이
구조에 대한 갈망이 되었어요: 내가 당신에게
더는 묻지 않으리란 걸 알고, 그녀가 흔한 친절로
나를 부르는 소리를 들을 수 있었어요—

그렇게 자리를 잡았지요: 거기서 어린 시절을 보낼 수 있었지요.
그건 늘 혼자인 것을 의미하게 되었고요.

7. 첫 작별 *First Goodbye*

당신은 이제 다른 이들과 함께할 수 있어요,
내 몸을 쉬게 내버려두지 않던 몸,
세상으로 돌아가세요, 거리로, 절대
어두워지지 않는 커다란 터미널 같은
공원들의 가지런한 깊이로: 낯선 이가 당신을
백 개의 방에서 기다리고 있네요. 그들에게로 돌아가세요,
증가와 제한으로: 가운데 있는 장미 근처에서,
당신은 그녀가 오렌지 껍질을 벗기는 걸 보네요,
물든 껍질이 접시에 꽃잎으로 떨어집니다. 이게
숙달이지요, 숙달이 활달해지면 절개
모드가 되고요: 강제된 빛이
칼날 위에서 빛나네요. 머지 않아
당신은 나를 꿈꾸기 시작하겠지요. 나는 당신
그 꿈들 부럽지 않아요. 내 얼굴이 어찌 보일지 상상할 수 있어요,
욕망에 시달리며 그렇게 타오르다가—당신 발명품인
처진 얼굴—입이 커지면서 어떤 식으로
연인의 고립된 욕심을 배반하고
또 파괴하는지:
나는 당신 그 방문이 부럽지 않아요.

또 거기 누워 있는 여자들도—누가 그들을 가여워하지 않을까요,
그들이 당신에게 의지하는 방식, 그들이
눈에 띄기 위해 고군분투하는 법. 여자들은
침대에 당신을 위한 자리를 만드네요, 하얗게 파낸 자리.
그런 다음, 성찬이: 당신의 몸이 함께 꿰뚫려,
휘젓고, 휘젓고, 열기가 완전히 가실 때까지—
이윽고 당신이 내 이름을 부르겠지요,
상실의 외침, 안다는
착각의 외침, 기억 속에 존재하는
누군가를 위해 포획된 욕구의 외침: 어떤 목소리도
그 왕국으로 전달되지 않습니다.

8. *보이지 않는 경계의 노래 Song of Invisible Boundaries*
간밤에 나는 우리가 베니스에 있는 꿈을 꾸었어요;
오늘은, 우리 베니스에 있어요. 지금 여기 누워서,
내 꿈에 경계가 없다고 생각하고 있어요,
우리가 공유하지 않은 것도 없고요.
그러니 설명할 것도 없어요. 우린 누구와도
서로 바꿀 수 있으니, 기쁨 속에서

말 없는 커플로 바뀌었어요.

그러면 우리는 왜 명료함을 숭배했을까요?
결국엔, 서로의 이름만 말하는 것,
지금처럼 단어 전체가 아니라,
모음만 말하는 것?

마지막으로, 이게 우리가 갈망했던 거죠,
밝은 빛 속에 아무 구분 없이 누워 있는 것—
뒤에 정확한 기록들을
남기게 될 우리.

9. *마라톤 Marathon*
그 둘이 얘기하는 걸
내가 듣게 될 줄 몰랐어요.
하지만 횃불의 떨림이
멈추는 걸 느낄 수 있었죠, 마치
탁자에 놓인 것처럼 말이죠. 한 사람이
다른 사람에게 말하는 걸 나는

듣지 말았어야 했어요, 어떻게 하면
나를 흥분시킬 수 있는지,
어떤 말로, 어떤 제스처로 하면 되는지,
내 몸을 설명하는 말도 듣지 말았어야 했어요,
내 몸이 어떻게 반응하는지, 뭘
하지 않을지. 나는 등을 돌렸죠.
그 목소리들을 연구해 보니, 곧 구분이
갔지요, 더 깊고 더 친근한 첫 목소리와
뒤이어 나온 목소리를.
내가 아는 한, 이런 일은
매일 밤 일어나요: 나를 깨우는 누군가, 그러면
첫 번째가 두 번째를 가르치고.
그 뒤에 일어나는 일은
세상과 멀리 떨어진 데서 일어나요, 깊은 곳,
꿈만이 중요한 곳에서요
그러니 어느 한 영혼과 유대감을 갖는 건
아무 의미 없어요; 당신은 그걸 내던져 버리네요.

여름

Summer

우리가 처음으로 행복했던 날들을 기억해 보세요,

우리가 얼마나 강했는지, 열정에 얼마나 취했는지,

좁은 침대에 하루 종일 또 밤새도록 누워서,

거기서 잠자고, 거기서 먹으며: 여름이었지요,

모든 것이 익어 가는 것 같았지요, 그것도

한꺼번에. 너무 더워 우린 아무것도 안 덮고 누워 있었죠.

때로 바람이 불고; 버드나무가 창문을 스치듯 일렁거렸죠.

하지만 우린 한편으로는 길을 잃었지요, 그런 것 같지 않아요?

침대는 뗏목 같았어요; 우리가 우리 본성과 멀리 떨어져

아무것도 발견할 수 없는 먼 곳을 향해 표류하는 것 같았어요.

처음에는 해가, 다음에는 달이, 조각조각,

버드나무 사이로 빛났어요.

누구나 볼 수 있는 것들이죠.

그러자 그 둥그런 것들이 닫혔어요. 서서히 밤이 서늘해졌지요;

버드나무 길게 늘어진 이파리들이

노랗게 변해 떨어졌어요. 우리 각자 안에서

깊은 고립이 시작되었는데, 이에 대해

또 후회 없음에 대해 우린 한 번도 말하지 않았지요.

우리는 다시 예술가가 되었어요, 여보.
우리는 여행을 다시 시작할 수 있었지요.

III.

책망

넌 나를 배신했어, 에로스.
너는 나에게
내 진정한 사랑을 보냈어.

높은 언덕에서 너는
그의 맑은 시선을 만들었지;
내 심장은 네 화살만큼
단단하지 않았어.

꿈이 없다면
시인은 무얼까?
나는 깨어 있어; 진짜 살이
내게 닿는 느낌이야,
나를 침묵시키려는 뜻—
밖에는, 암흑 속에서
올리브 나무 위로,
별 몇 개.

씁쓸한 모욕처럼 생각되네:
정원의 구불구불한 길을

걷는 것, 수은 방울들
반짝이는 강가를 걷는 걸
나는 더 좋아하는데. 또
흐르는 강가 젖은 풀밭에
누워 있는 것도
좋아하지, 에로스,
다른 남자들과, 대놓고는 말고,
은밀하고, 차갑게—

내 평생,
나는 엉뚱한 신들을 섬겼어.
저편에 있는
나무들을 보면,
내 심장의 화살이
그 나무들 중 하나인 듯,
흔들리고 떨리고 있네.

세상의 끝

The End of the World

1. *테라 노바 Terra Nova*
아무런 연고가 없는 곳—
다른 나라에선, 이런 곳에 산이 있어서
정신이 만들어지고 뭔가를 담아 내는 단어들
등을 발견할 수 있었는데,
이 나라에는, 바다가 있었다, 찬란한 도시의 연장.
자세히 말하자면: 전에는, 저녁에 혹은
비가 내리기 전에 소들이 풀을 뜯는 경사지 들판이 있던 곳,
흰 샤롤레 소가 누워 있고 소들의 수많은 눈이
그 여행자를 빤히 바라보던 곳이었는데, 여기에
진흙이 있었다. 하지만 어마어마하게 꽃들이 피어났으니:
집 옆에, 동백, 페리윙클, 로즈마리가 흐드러지게 난만했다—
마음으론, 그는 다시 연인이 되었으니,
한때는 혹은 *옛날엔,* 식으로 한정하지 않고
지금이야, 지금이야, 외쳤다. 그는 야생 회향에 등을 대고 누웠다.
하지만 실은 그는 이미 노인이었다.
육십 년 전에, 그는 어머니의 손을 잡았다. 오월, 그의 생일에.
현재 진행형으로, 과수원을 거닐며 그들은
사과 꽃을 따고 있었다. 어머니는 아들이 해를 바라보았음 했다;

소유욕 강한 땅속으로 해가 지고 있을 때 그들은 함께 서 있어
야 했다.

얼마나 짧게 느껴졌는지, 그 기다림의 한 생이―

만 너머로 타오르는 이 붉은 별은

이곳으로 그를 따라왔던

그 어린 시절의 모든 빛이었다.

2. 헌정 *The Tribute*

그 이상한 고요의 시절에

그는 돌계단을 내려가 너른 항구로 걸어 들어갔다:

그는 감동받았다; 도시의 불빛이 그의 마음을 깊이 움직였다

마치 지구가 그에게 경외의 원천으로

주어지는 것 같았다―그는 변하고 싶지 않았다.

그는 글을 썼고, 성전을 지었다.

그래서 그는 희생의 필요성을 정당화했다.

난간에 기대어 그는: 어두운 만에서 도시가 흔들리는 걸 보았다;

물 위에 떠 있는 빛의 세포들, 하얀 실에 엮인 듯 부드럽게 흔들
리고 있었다.

그의 뒤에, 계단 위에서, 한 남자와 한 여자가

격하게 다투는 소리가 들렸다.

시에서, 그는 그들을 하나로 모을 수 있었다

다시 합쳐질 수 있는 부서진 장난감의 두 부분처럼—

그런 다음 목소리가 잠시 멈추고, 한숨이 이어졌다, 바스락 소리,

그가 알아들을 수 없는 작은 소리들이,

바람이 계속 불어와

그 소리들을 그가 서 있는 곳까지 데리고 왔고

그와 함께 여름의 온갖 내음들도 데리고 왔다.

3. *세상의 끝 The End of the World*

설명하기 어렵다, 사람마다 다른 시기에

그것은 똑같이 그렇게 다가온다는 것.

독특하고, 끔찍하다—하늘에는, 기묘한 광채가

인간적인 해를 대체하고 있다.

그렇게 축복받은 이들은 무릎을 꿇는다, 아무것도 기대 않는 운
좋은 이들,

반면 세상을 사랑했던 이들은

괴로움으로 인해

애착보다 앞에 오는 것, 즉

고통에 대한 증오로 환원된다. 이제 쓰라린 이들에게
외로움이 확정된다: 그들은 겨울 해가
헐벗은 땅 위로 조롱하듯 몸을 낮추며, 어떤 것도
살지 못하게 하는 것을 바라본다—이 빛 속에서
신은 죽어 가는 이에게 다가온다.
물론 진짜 신이 아니다. 한 사람을
구원할 신은 없다.

그 산

The Mountain

내 학생들은 기대에 차서 나를 바라본다.
학생들에게 나는 예술의 삶이 끝없는 노동의
삶이라고 설명한다. 학생들의 표정은
거의 변화가 없다; 학생들은
끝없는 노동에 대해 조금 더 알고 싶어 한다.
그래서 나는 시시포스의 이야기를 들려준다,
어떻게 그가 산 위로 바위를 밀어 올리는
운명에 처하게 되었는지, 그렇게나 애를 써도
아무것도 따라오지 않는다는 걸 알면서도
하지만 그는 그 일을 반복했다고
무기한으로. 학생들에게 나는 말해 준다,
이 일에는, 예술가의 삶에는,
어떤 기쁨이 있다고,
판단을 피해 가는 기쁨이, 말을 하면서 나는
나 자신 바위를 몰래 밀어 올리고 있다,
가파른 산의 얼굴 위로 은밀하게
바위를 밀고 있다. 이 아이들에게
내가 왜 거짓말을 하고 있지? 아이들은 듣고 있지 않다,
그들은 속고 있지 않다, 아이들은 손가락으로
나무 책상을 톡톡 두드린다—

그래서 나는 신화를
철회한다; 나는 학생들에게 말한다,
그건 지옥에서나 일어난다고, 예술가들은
성취에 집착하고 있어서 거짓말을 한다고,
예술가는 정상을 그가 영원히 살아갈 장소로,
그가 진 무거운 짐에 의해 변화될 장소로
인식하고 있다고: 몇 번이고
나는 산 정상에 서 있다.
두 손은 자유롭다. 그리고 그 바위는
그 산에다 자기 높이를 더하며 서 있다.

어떤 우화

A Parable

영웅들의 시대였다.

그래서 이 어린 소년, 아무것도 아닌 이 아이는

한 평원에서 다른 평원으로 가면서,

언덕의 차갑고 불분명한 바위들 사이에서

작은 돌 하나를 집어 든다. 기분 좋은 날이다.

발아래 고만고만한 초목, 하얀 꽃 몇

별처럼, 털 보숭보숭한 회록색 이파리들:

언덕 아래에는 시체들이 있다.

적은 누구인가? 이토록 전례 없는 침묵 속에

누가 유대인들의 그 조밀한 시체들을

죽 늘어놓았는가? 흙으로 위장한,

흩어진 군대가 그 야수, 골리앗을 본다,

어린애 같은 목자 위에 우뚝 솟아 있다.

그들은 눈을 감는다. 그리고 그 모든 평평한 땅은

산산이 부서진 바다 표면이 된다, 그 몰락은

너무 파괴적이다. 뒤이은 먼지 속에, 다윗은

손을 들어 올린다: 그러자 그의, 그 조용한,

왕국이 완성된다—

동료 유대인들이여, 영웅의 여정을 짜는 것은
산을 따라가는 것이다: 영웅에서 신으로, 신에서 통치자로.
벼랑 끝에서, 우리가 듣고 싶어 하지 않는 순간에—
돌은 사라지고; 이제
손은 무기가 된다.

궁전 지붕에서, 다윗 왕은
빛나는 예루살렘의 도시 너머로
바세바의 얼굴을 빤히 바라보다가 알아챘다,
자신의 부푼 욕망을. 가슴으론, 아무것도 못 느낀다.
그녀는 물통 속에 있는 꽃과 같다. 다윗의 머리 위로,
구름이 움직인다. 자기가 꿈꿀 수 있는 것은
모두 다 얻었다는 생각이 든다.

밤 없는 낮

Day Without Night

신의 천사가 아이의 손을 보석에서
밀어냈다, 불타는 석탄을 향해,

1.
진리의 이미지는
불이다: 그것은
천상의 요새를 오른다.

당신은 그 분명한 힘을
한 번도 느껴 본 적이 없는가?
어린 아이도
이런 기쁨을 누릴 수 있다.

분명,
지옥에는 해 비슷한 것이
타고 있다. 그게 바로 지옥이다,
밤 없는 낮.

2.

마치 파라오의 딸이 집으로

사자 새끼를 데리고 와서

몇 주 동안

그걸 고양이라고 속이는 것 같았다.

당신은 이 여자를 압박하지 않았다.

그녀는 숲속에서

아이를 발견했다고 말했다;

이야기를 할 때마다,

하녀들이 끝도 없이

한숨의 합창을 따라하고 있었다.

그래야만 했다:

어린 왕자. 어린 사자 새끼.

3.

그리고 아무런 격려도 없이

어떤 표징이 왔다: 잠시 동안

아이는 파라오의

손자인 것 같다.

그러다 그는 꿈틀거린다; 파라오의 무릎 위에서
이집트의 왕관을 향해 손을 뻗는다—

4.

그래서 파라오는 아이 앞에
두 개의 쟁반을 놓는다, 하나는 루비, 하나는 불타는 불씨:

내 마음의 빛, 세상은
당신 앞에 놓여 있다:
어느 쪽이든 불,
대안 없이 불—

5.

마치 마술 같다: 당신이 보았던 것은
모두 그 아이의 움직임이었다; 이집트의 부(富)에
그처럼 적극적인 관심을 보여 주었던
바로 그 손이 석탄 더미를 갑자기
더 좋아한다는 걸 보여 주었다.

그 행위를 완성하기 위해,
아이는 스스로를 불구로 만들었다―
비명 소리가 났다,
마치 어떤 사람이 지옥에
있는 것처럼,
보는 것 말고는
할 수 있는 게 아무것도 없이―

6.
모세가
강가 골풀에 누워 있었다:
그는 한 방향만 볼 수 있었다,
바구니 때문에
시선이 좁아졌기에.
그가 본 것은
거대한 빛이었다,
맴도는 날개 같은.
그러자 신이 그에게 말했다,
"너는 은혜 입은 자가 될 수 있다,

불을 맛보고
말을 할 수 없는,
아니면 너는 지금 죽을 수도 있다
다른 이들이 이집트에
머물게 할 수도: 그들에게 말하라
새로운 세상을
마주하는 것보다는,
이집트에서 죽는 것이 나았다고,
네 시체를 강에
버리는 것이 더 나았다고."

7.
어떤 영혼이 나타난 것 같았다,
천사로부터 독립된,
천국에 들어가지 않기로 한
의식 있는 존재—
동시에, 정말로
해가 지고 있었다.
해가 물에 닿자

거울에 비친 해가
강 깊은 곳에서
마중 나왔다, 그래야만 했기에:
그러자 울음이 그쳤다.
또는 구세주의
더듬거림 속에
가려졌다—

8.
진실의
배경은 어둠이다: 이스라엘의
사막을 어둠이 휩쓴다.

당신은 빛에, 환상에,
이끌리는가?

여기 신으로 가는 길이 있다,
신은 이름도 없고, 그 손은
보이지 않는다: 어두운 물 위

달빛의 속임수다.

느릅나무

Elms

하루 종일 나는 욕망과
필요를 구분하려고 애썼다. 이제, 어둠 속에서,
나는 우리들의 쓰라린 슬픔만을 느낄 뿐이다,
개발하는 이들, 숲을 대패질하는 사람들,
나는 이 느릅나무들을 꾸준히
봐 왔기에, 가만히 서서 몸부림치는 그 나무를
만드는 과정이 고통임을 봐 왔기에, 또
그렇게 해서 결국 뒤틀린 형태만을
만든다는 걸 알기 때문에

어른의 슬픔 — E. V. 에게

Adult Grief—for E. V.

너무 어리석게도 한 장소만 사랑했기 때문에,
이제 당신은 집이 없다, 이 쉼터에서
저 쉼터로 전전하는 고아가 되었다.
당신은 충분히 스스로를 준비하지 않았다.
당신 눈앞에서, 두 사람이 늙어 가고 있었다;
두 죽음이 다가오고 있는 거라고 나 당신께 말할 수도 있었는데.
자식의 사랑으로 살아가는
부모는 없다.

지금은 물론, 너무 늦었다—
당신은 충실함의 낭만에 갇혀 있었다.
그들이 참아 낸 일이 지난 후에 당신이
잘 알아볼 수도 없게 된 두 사람에게 매달리며,
당신은 계속 과거로 돌아갔다.

한때 당신이 당신 자신을 구할 수 있었다면,
이제 그 시간은 지나갔다: 당신은 고집스럽고,
한심하게도 변화엔 눈을 감았다. 이제 당신, 아무것도 아니다:
당신에게, 집은 묘지일 뿐이다.
화강암 표식에다 얼굴을 누르고 있는 당신을 나는 봐 왔다—

당신은 거기서 자라려고 애쓰는 이끼다.
하지만 당신은 자라지 않을 것이다.
당신은 스스로는 아무것도
지우지 못할 테니까.

매의 그림자

Hawk's Shadow

이젠 기억나지 않는 어떤 이유로
길에서 포옹하고는
앞에 있는 어떤 형상을 바라보며,
떨어져 가면서—그게 얼마나 가까웠지?
우리는 매가 사냥감을 물고
배회하던 모습을 올려다보았다; 그들이
웨스트 힐을 향해 방향을 트는 것을 나는 지켜보았다,
땅에 그림자 하나를 드리우며, 포식자가
모든 걸 포괄하는 형상을—
그러다 그들은 사라졌다. 그래서 나는 생각했다:
하나의 그림자를. 우리가 만든 그것처럼,
나를 안고 있는 당신을.

일본식 정원에서

From the Japanese

1.
고양이 한 마리가 물질계에서 꿈틀거린다.
갑자기 햇빛이 방으로 쏟아진다,
어딘가에서 블라인드가 걷힌 것 같다.
바닥엔, 사다리 흰색 가로대들이 나타난다.

2.
그웬은 앞마당에서 흐느끼고 있다; 그 아인 세 살이다.
스페인 가정부가 그 애 머리를 쓰다듬고 있다―그웬은
두 가지 언어를 구사한다; 그녀가 눈을 닦는다,
자카란다나무에서 꽃잎 몇 장 떨어지고.

이제 문이 열린다: 여기 잭이, 전투화를 신은 운동선수.
그 다음 한 시간 동안 잭은
처음엔 가족에게서 떨어져, 그 다음엔 가족을 향해서 달린다.

여기 차도를 배회하는 트릭시가 있다,
그 뻣뻣한 새에
비하면 엄청 크다. 지루한 새,

더 이상 지저귀지도 않고 싸우지도 않는다.
그녀는 자몽 나무 밑에서, 레몬 나무 밑에서
그걸 한두 번, 탁탁 눌러 본다.

이른 여름: 안개가 산을 덮고.
나무 밑에, 그림자 덮개가.

3.
처음에, 나는 당신을 어디서나 보았다.
지금은 어떤 사물들 안에서만 본다,
더 뜸하게.

4.
우리는 일본식 정원을 걷고 있었다,
발가벗은 체리나무 사이로
황량한 십일월에 당신이 일부러 선택한 길

마치 내가 직접 주문한 것 같은

그 꽃잎들, 그 까만
과일 너겟—

근처에서, 한 소년이 나무배를 몰았다,
집 그리고 밖, 집 그리고 밖으로.
그러다 실이 뚝 끊어졌다; 배는
폭포를 향해 떠내려갔다.

"이 순간부터 내게
평안은 없을 거야," 당신이 말했다. "네가 거짓말 했으니,
기쁨도 없을 거고." 소년은
자기 얼굴을 두 손으로 감쌌다.

다른 세상이 있다,
공기도 없고 물도 없는
다만 공허함뿐인, 이제는
어떤 상징이 들어간 공허함.

5.
고양이가
주인을 그리워한다.
고양이는 벽돌 벽을 기어오른다,

그웬이 따라하기로
마음먹은
솜씨: 스페인 하녀는
큰 소리로 반대하고.

눈물이, 줄줄: 물가에서,
그 소년은 마침내
두 손을 내려놓았다.
그 앤 새 장난감을 갖고 있다,
잃어버린 것에 묶인 실—

황혼: 챙 넓은 파란 모자를 쓴
그웬이 여름 정원을 만들고 있다.

6.
혼자서, 달이 떠오르는 걸 보는 일:
오늘 밤, 완전한 원이다,
그득한 것을 스치듯 보는 여인의 눈 같다.

이게 가능한 최대치다.
텅 빈 거리 위, 불완전한 것들은
밤이 해결해 줬다―

우리 마음처럼: 어둠이 우리에게
그들의 능력을 보여 주었다.
그득한 우리 마음들―그때는, 너무 인상적으로 보였다.

울음들, 신음들, 우리의 중요한 고통.
등에, 가슴에
얹은 손―

이제 벽을 가로질러
누군가가 식탁을 치우고 있다,
거뭇한 빵과 흰 세라믹 버터 통을 랩으로 싸면서.

우린 무슨 생각을 했지?
무슨 이야기를 했던가?

위층에 불이 켜진다.
분명
그웬의 방일 게다, 그 불은
이야기의 폭을 태운다―

7.
당신이 잃게 될 것을 왜 사랑하는가?
더 이상 사랑할 게 없으니까.

8.
어젯밤 침대에서 당신
손이 내 어깨에 무겁게
떨어졌다. 당신이 자고 있다고

난 생각했다. 하지만 우린

갈라진다. 아마도 시트가 움직였다,
내 축축한 몸에 얹은 당신

손 무게를
가늠해 보면. 아침이다: 당신에게
고맙다고 편지를 썼다.

9.
고양이가 보도에서 잠을 잔다,
하얀 시멘트에 검은 고양이.

용감한 이는 참을성이 있다.
그들은 일출의 사제들이다,
성벽 위에, 곳 위에 있는 사자들이다.

신화

Legend

아버지의 아버지가
딜루아에서 뉴욕으로 오셨다:
우리의 불행은 계속 이어졌다.
헝가리에서, 학자, 재산가.
그리곤 패배자: 차가운 지하실에서
시가를 굴리는 이민자.

그는 이집트의 요셉 같았다.
밤에, 그는 도시를 걸었다;
항구의 물보라가
얼굴에 눈물로 흘러내렸다.

딜루아를 위한 비탄의 눈물—집 사십 채,
풍요로운 초원에서 풀을 뜯는 몇 마리 소—

비록 위대한 영혼은
별이고, 등대라고 하지만,
더 닮은 것은 다이아몬드다:
온 세상에 그걸 바꿀 만큼
단단한 것은 없다.

불행한 존재여, 당신은
세상의 웅장함을 더는 못 느끼게 되었나,
묵직한 무게처럼,
내 할아버지의 영혼을 형성했던?

공장에서 슬픈 새처럼 할아버지의 꿈은
부리를 움켜쥐고 딜루아로 날아갔다
사람이 자기 발자국 모양을
볼 수 있는 축축한 땅에서처럼,
흩어진 이미지와 마을의 느슨한 일부도;
그가 나뭇잎들을 포장할 때, 그의 영혼 안에서
이 무게가 딜루아의 찌꺼기들을
속박이라는 모험을 감당할 만한
원칙과 추상으로 압축했다:

그런 세상에서, 특권을
경멸하기 위해,
이성과 정의를 사랑하기 위해, 늘
진실을 말하기 위해—

그것은 일테면
우리 민족의 구원이었다,
진실을 말하는 일은
자유에 대한 환상을 주니.

아침

Morning

그 고결한 소녀는 남편 품에서 깨어난다,
여름 내내 배나무 밑에서 그녀가
사부작사부작 움직였던 그 팔이다:
이렇게 일어나는 건 즐거운 일,
해가 떠오르고, 의자 등에 걸쳐진
웨딩드레스를 보는 건, 그리고 묵직한
책상 위에, 깔끔하게 개어 놓은 남자 셔츠를 보는 건;
이런 것들 덕분에 회복되는 것은,
천 개의 이미지로, 성당으로, 알록달록한 창문들 통해
흐르는, 축복받은 성모님 형상 사이로 흐르는
가을 햇빛으로, 그리고 그 아래엔,
타는 듯 붉은 신부의 꽃을 들고 있는 아멜리아—
아멜리아 엄마의 눈물에 대해 말하자면: 좀 웃겨, 하지만
엄마들은 딸들의 결혼식에서 눈물을 흘린다,
모두 그건 아는데, 그 눈물이
누구의 젊음을 위해서인지는 말할 수 없다.
큰 잔치에는 늘 이방인이, 기쁨에 낯선 사람이 있고,
그이들, 즉 그녀와 그녀 엄마가 얼마나 다른지가 중요한 법.
지금보다 더 그녀가 슬픔에서 멀어졌던 적은 한 번도
없었다. 그녀는 울어야 할 필요성을 느끼지 못한다,

마찬가지로 그녀는 그 낱말, 즉 젊음의
의미도 모른다.

말

Horse

말은 당신에게
내가 줄 수 없는 무엇을 주는가?

당신이 혼자 있을 때 나는 당신을 바라보네,
당신이 목장 뒤 들판으로 말을 타고 나갈 때,
당신 손은 말의
검은 갈기에 파묻혀 있고.

그러면 나는 당신 침묵 뒤에 무엇이 있는지를 알아:
경멸, 나에 대한, 결혼에 대한 증오. 아직도,
당신은 내가 당신을 만지기를 원하지; 당신은
신부들이 울 때처럼 소리 내어 우네, 하지만 내가 당신을
바라보면 당신 몸에는 아이들이 하나도 없어.
그럼 거기엔 뭐가 있지?

아무것도 없다고 나는 생각해. 내가 죽기 전에
죽으려는 서두름만 있다고.

꿈에서, 나는 당신이 그 메마른 들판 너머로
말을 타는 것을 또 내리는 것을

바라보았어: 당신네 둘은 함께 걸었어;
어둠 속에서 당신은 그림자가 없었어.
하지만 그들이 나를 향해 오고 있다고 느꼈으니,
밤에 그 둘은 어디든 가니까,
그들은 그들 자신의 주인이니까.

나를 바라봐. 내가 이해 못할 것 같은가?
이 생에서 벗어나는 길이 아니라면,
그 동물은 대체 뭔가?

시공사에서 만나는
루이즈 글릭 시집들

맏이

루이즈 글릭
데뷔작

습지 위의 집

문단의 찬사를 받은
두 번째 시집

내려오는 모습

신화적 요소가
두드러지는 시 세계

아라라트 산

글릭의 시선으로 맞춰지는
세계의 균형

야생 붓꽃

퓰리처상

목초지

가족 안에서 경험하는
감정의 파고

"꾸밈없는 아름다움으로 개인의 존재를 보편화하는
분명한 시적 목소리를 낸 작가."
_ 한림원

새로운 생

계속 나아가려는 강인함이
드러나는 시집

일곱 시대

자신의 죽음을 정면에서
바라보는 시집

아베르노

PEN
뉴잉글랜드상

시골 생활

비관과 기쁨을 오가는
삶을 이야기한 시집

신실하고 고결한 밤

전미도서상

협동 농장의 겨울 요리법

노벨문학상 이후
첫 시집

아킬레우스의 승리

초판 1쇄 인쇄일 2023년 10월 31일
초판 1쇄 발행일 2023년 11월 8일

지은이 루이즈 글릭
옮긴이 정은귀

발행인 윤호권
사업총괄 정유한

편집 구민준 **디자인** 김효정 **마케팅** 정재영 명인수 윤아림 김솔희 이아연 김진규
발행처 ㈜시공사 **주소** 서울시 성동구 상원1길 22, 7-8층(우편번호 04779)
대표전화 02-3486-6877 **팩스(주문)** 02-585-1755
홈페이지 www.sigongsa.com / www.sigongjunior.com

글 ⓒ 루이즈 글릭, 2023

ISBN 979-11-7125-167-4 03840

*시공사는 시공간을 넘는 무한한 콘텐츠 세상을 만듭니다.
*시공사는 더 나은 내일을 함께 만들 여러분의 소중한 의견을 기다립니다.
*잘못 만들어진 책은 구입하신 곳에서 바꾸어 드립니다.

아킬레우스의 승리

The Triumph of Achilles

아킬레우스의 승리

작품 해설 나의 아킬레우스, 나의 슬픔, 나의 전사_정은귀

시공사

나의 아킬레우스,
나의 슬픔, 나의 전사

정은귀

1985년 출간된 《아킬레우스의 승리》는 루이즈 글릭의 네 번째 시집이다. 네 번째 시집을 낼 때쯤 글릭은 제법 알려진 시인이 되어 있었다. "죽음보다 먼저 마비가 온"(《시카고 기차》) 고단한 가족, 사랑과 젊음이 부푼 기대만큼이나 상처가 되는 이야기를 파편적으로 엮은 첫 시집 《맏이》(1968)가 스물여덟 번의 거절과 재도전을 거듭한 끝에 출간되었던 것을 기억하는 독자들이 계시리라. 첫 시집을 출간한 이후 글릭은 작가로서 흔히 겪는 정체기를 겪게 되는데, 시 쓰기의 어려움을 그는 시를 읽고 가르치는 일로 극복한다. 시인이 절대 하지 말아야 할 것이 가르치는 일이라고 믿었던 시인은 우연히 버몬트(Vermont) 주에서 열린 시 축제에 참석해서 사람들을 만나고, 시 프로그램에 참여해 달라는 제안을 꿈처럼 받아들이게 되는데, 그런 활동들을 통해서 새로운 활력을 얻게 되었다고 고백한 바 있다.

두 번째 시집 《습지 위의 집》(1975)에 대해 평자들은 글릭이 자신만의 목소리를 만들고 있다고 이야기한다. 일인칭 화자를 내세워 서정 주체의 정념을 주로 이야기하는 글릭의 시가 당시 미국 시단을 지배하던 고백시파의 시인들, 로월(Robert Lowell)이나 플라스(Sylvia Plath) 등과 함께 나란히 놓이는 것은 자주 글릭을 불편하게 만들었다. 개인의 사적 경험을 시로 만들 때 '고백'이라는 형식이 갖는 투명성을 자신의 시에 덧씌우고, 게다가 이미 시단에서 명성을 거둔 시인들과 비교해서 그 아류라고 하니, 시인들을 이리저리 묶는 비평가들의 습속에 시인이 반기를 드는 것도 이해가 간다.

고백시파의 고백 또한 온전히 사적인 것도, 온전히 투명한 것은 아니며 더욱이 60년대 이후 미국이 안으로는 풍요와 순응, 동질화를 내세워 국가를 하나로 묶고, 밖으로는 제국으로의 기반을 닦아

가던 시기에, 고백시파 시인들이 왜 고백의 형식을 띨 수밖에 없었는가를 이야기로 풀어내자면 다른 지면이 필요할 것이다. 다만 여기서 이야기하고 싶은 것은 고백시파 시인들과 거리를 두는 글릭의 자세는 일차적으로는 평론가들이 글릭 초기 시에 손쉽게 덧씌운 잣대와 해석에 대한 시인의 자연스러운 반응일 것이고, 다른 한편으로는 시인이 지속적으로 목소리를 가지고 해 나간 시적 실험이 있었음을 반증한다는 것이다.

첫 시집부터 여성적 경험에 대한 시인의 뼈아픈 자각과 통찰은 서늘한 울림을 주는데 그 문제의식은 두 번째 시집을 지나 세 번째 시집 《내려오는 모습》(1980)에서도 계속 이어진다. 특히 《내려오는 모습》은 서늘하고 냉정한 톤으로 상실을 애도하는 시 〈익사한 아이들〉 때문에 '아이를 미워하는 사람'이라는 오명을 안겨 주기도 했지만 많은 찬사 또한 안겨 주었다. 네 번째 시집 《아킬레우스의 승리》에 이르러 여전히 일인칭 화자를 내세우면서도 자기만의 개성 있는 목소리를 만들고자 하는 시인의 실험은 계속된다.

글릭에게 1980년은 여러모로 잊을 수 없는 해였을 것이다. 일단 세 번째 시집 《내려오는 모습》이 나와 그해 출간된 시집 중 가장 뛰어난 시집 중 하나라는 좋은 평가를 받았고 글쓰기 프로그램도 안정적으로 운영되고 있었다. 그런데 그해는 큰 상실의 해이기도 했으니, 바로 버몬트의 시골집이 화재로 소실되는 사건이 있었기 때문이다. 믿기는가? 집이 불에 타서 모든 것을 잃어버리는 일. 살림살이는 물론이고, 아끼던 책, 편지, 사진, 추억, 어떤 역사가 재가 되는 일. 하지만 시인은 그 경험을 그냥 "집이 불에 탔고, 우리는 다시 마을로 돌아와 새 집을 샀다"고 말한다.

네 번째 시집 《아킬레우스의 승리》는 그 상실을 통과하면서 쓴

시들을 모았다. 당시 〈뉴욕타임스〉에서는 이전 시집들에 비해서 《아킬레우스의 승리》가 "훨씬 더 선명하고, 순수하고, 예리하다"고 평가했는데, 그 시선은 상상할 수 없는 상실을 통과한 시인이 벼려 낸 언어의 어떤 특징을 이야기하는 것 아닐까 싶다. 글릭의 인생에 또 다른 큰 상실이 아버지의 죽음인데, 1985년 돌아가신 아버지가 병으로 서서히 사그라지는 모습, 그걸 바라보는 가족의 시선들이 《아킬레우스의 승리》에 고스란히 들어 있다. 그리고 그 상실의 경험 이 다섯 번째 시집 《아라라트 산》에 새겨지게 된다.

　아킬레우스는 누구인가, 바다의 여신 테티스와 테살리아 지방의 퓌티아의 왕 펠레우스 사이에 태어난 아들이다. 아름다운 바다의 여신 테티스에게 제우스와 포세이돈 등 무수한 신들이 구혼을 했다 고 한다. 그런데 그녀가 낳은 아들이 아버지보다 뛰어나 올림포스 를 차지할 것이라는 프로메테우스의 예언 때문에 다들 결혼을 포 기했고, 그래서 펠레우스와 테티스의 결혼이 성립되었던 것이라고 한다. 아킬레우스는 고난을 넘어 생의 긍정에 이르는 인물, 니체적 인 열정을 가진 자.
　그러나 다른 한편 아킬레우스는 어머니의 젖을 먹지 못하고 자 란 아이다. 우리에겐 '아킬레스 건'으로 익숙해진 이름. 아들 아킬레 우스를 불멸의 존재로 만들기 위해 어머니 테티스는 저승을 흐르는 스틱스 강에 아이를 담근다. 물에 담글 때 어머니가 아들의 발뒤꿈 치를 잡고서 강에 담갔기에 발뒤꿈치가 치명적인 약점이 된다고, 우 리가 흔히 이야기하는 아킬레스건은 그렇게 왔다고 한다. 그 장면 을 본 아버지 펠레우스는 아이가 죽게 될까 봐 이를 말리고 화가 난 테티스가 부자를 떠났다 한다. 그래서 아킬레우스는 어머니가 아닌 아버지의 보호 안에서 성장한다. 소년 시절 아킬레우스는 강인한 전사였고 달리기가 무척 빨랐다고 한다.

아킬레우스는 트로이 전쟁에 참여하면 영웅으로 이름을 날리지만 전사하여 고국에 돌아오지 못할 운명이었다. 만약 전쟁에 참여하지 않으면 명예는 없지만 장수할 운명이었다고 한다. 어머니의 마음은 어디서나 같아서 어머니 테티스는 아킬레우스를 트로이 전쟁에 보내지 말아야겠다고 마음먹고는 그를 여장시켜서 필라라라는 가명을 쓰고 리코메데스 왕의 궁정 속에서 왕의 딸들과 섞여 베를 짜고 놀도록 했다고 한다. 물론 호메로스(Homer)의 서사시 《일리아드》에는 아킬레우스의 발목 얘기나 여장을 한 이야기가 다 없다. 아킬레우스가 신과 같은 존재라면 황금 방패와 투구, 갑옷이 필요하지 않을 것이기 때문이다.

어쨌든 아킬레우스는 트로이 전쟁 중에 태양신 아폴론이 구름 뒤에 숨어 쏜 화살에 맞아 전사한다. 아킬레우스의 이름에는 슬픔을 가리키는 단어 ἄχος(아코스)와 사람들의 '무리/국가' 등을 가리키는 λαός(라오스)가 합쳐지는데, 그 뜻을 풀어 보면 '사람들의 슬픔'이란 뜻이 될 것이다. 시인은 왜 '아킬레우스의 승리'를 시집 전면에 내세운 것일까? 시집의 표제시를 먼저 보자.

파트로클로스 이야기에선
한 명도 살아남지 못한다, 거의 신에
가까웠던 아킬레우스조차도.
파트로클로스는 아킬레우스를 닮았다; 그들은
똑같은 갑옷을 입었다.

이런 우정에는 늘
한쪽이 다른 쪽을 섬긴다, 한쪽이 다른 쪽보다 낮다:
위계질서는
늘 뚜렷하다, 전설을
늘 믿을 수 있는 건 아니지만—
전설의 출처는 생존자다,
버려진 존재다.

이 손실과 비교할 때
불붙은 그리스 배들은 무엇이었나?

자기 천막 안에서, 아킬레우스는
자신의 온 존재로 슬퍼했다
그리고 신들은 보았다

그가 이미 죽은 사람임을,
사랑한 쪽의 제물이었음을,
죽을 운명이었던 쪽의.

〈아킬레우스의 승리〉 전문

'아킬레우스의 승리'라는 표제시의 두 주인공은 모두 호메로스
의 《일리아드》에서 왔다. 이 시에는 트로이 전쟁의 영웅 파트로클로
스가 먼저 나온다. 파트로클로스는 아킬레우스와 함께 트로이 전쟁
에 참여하는데, 아킬레우스가 그리스 연합군 총사령관 아가멤논과
크게 다투고 전투에 참여하지 않자 그리스군이 트로이군에게 계속

밀리게 된다. 결국 트로이군이 그리스군 함선까지 들어오게 되고, 파트로클로스는 아킬레우스에게 전투에 같이 나가자고 울며 설득한다. 하지만 아킬레우스는 이를 거절한다.

결국 파트로클로스는 그리스 병사들을 독려하기 위해 아킬레우스의 갑옷을 빌려 입고 전투에 나가기로 하는데, 아킬레우스는 갑옷을 빌려주면서 트로이군을 공격하되 함선에서 그들을 물리치면 더는 추격하지 말라고 당부한다. 파트로클로스는 아킬레우스의 갑옷을 입고 트로이군을 맹렬히 공격하고, 트로이군은 아킬레우스가 참전한 줄 알고 후퇴하기 시작한다. 결국 승기를 잡은 파트로클로스. 하지만 그는 아킬레우스의 조언을 무시하고 트로이군을 너무 깊이 추격하다가 반격을 당한다. 결국 헥토르의 공격으로 죽게 되는 파트로클로스. 아킬레우스는 파트로클로스의 죽음을 전해 듣고 분노에 차 결국 전투에 참여, 그를 죽인 헥토르를 처단한다. 후에 아킬레우스가 죽은 후에 그를 화장한 유해를 파트로클로스의 유해와 함께 묻었다고 한다.

이런 배경을 잘 아는 독자는 스무 행 남짓한 시 속에서 시인이 아킬레우스와 파트로클로스의 우정과 사랑을 어떻게 다시 그리고 있는지 볼 수 있다. 트로이 전쟁을 승리로 이끈 영웅 아킬레우스, 신과 같은 존재, 이 시는 아킬레우스의 승리를 제목으로 가지고 왔지만, 실은 아킬레우스의 지극한 슬픔을 이야기한다. 그의 승리는 가장 친한 친구 파트로클로스를 잃은 후에 오기에, 승리의 찬란한 기쁨도 그 손실에 비할 수는 없다. 그리스 배들이 불에 붙어 침몰해도 울지 않던 아킬레우스이지만 파트로클로스의 죽음은 이보다 더 크다, 아킬레우스는 "자신의 온 존재로" 슬퍼한다.

우리는 안다. 사랑하는 사람이 죽고 나면, 그를 사랑하는 다른 사람들도 이미 그 죽음과 함께 죽는 것임을. 몸은 살아 있어도 영은 죽은 것임을. 이 시에서 아킬레우스도 파트로클로스의 죽음과 함께 죽는다. 죽음과도 같은 슬픔을 통과하기에. 사랑하는 사람은 죽으면서 자신의 죽음과 함께 남아 있는 사랑하는 사람도 함께 데리고 가는 것임을, 신에 가까웠던 아킬레우스도 이 슬픔의 운명을 피하지는 못했음을 시인은 이야기한다. 모든 인간은, 사랑 속에서 사랑의 제물이 되는 것임을. 사랑이 사랑을 앗아 가는 것, 그 슬픔. 필멸의 운명을 가지고 태어나는 인간의 숙명이다.

글릭에게 사랑이 안겨 주는 고통은 여러 겹으로 표현된다. 첫 시 〈가짜 오렌지 나무〉는 사랑 없는 섹스에 대한 고통의 이야기다. 향기롭지만 실제로는 오렌지가 열리지 않는 가짜 오렌지 나무는 마치 남자의 저급한 가짜 약속 같다. 그래서 흔히 말하는 '고광나무' 대신 시의 실감을 더하기 위해서 제목에서 '가짜 오렌지 나무'라고 병기하는 쪽을 택했다. 남자의 거짓 싸구려 약속에 마비되는 여성의 몸. 남자의 유혹에 폭력적으로 내몰리고 농락당하는 여성의 몸에 대한 신랄한 고발이기도 시는 온통 가짜와 플라스틱 약속이 지배하는 세계에 대한 고발이기도 하다. 첫 시는 페미니즘 시 선집에도 뽑혀 실려서 대학 교실에서도 많이 읽힌다.
앞서, 이 시집이 출간되던 해, 글릭의 아버지가 세상을 떠났다는 이야기를 했는데, 그래서 시집의 많은 부분은 아픈 아버지를 바라보는 시선을 담고 있다. 신화적인 주인공을 빌어 서로 다른 성품, 서로 다른 운명들이 가족 관계 안에서 복잡하게 얽히는 풍경은 이전 시집들에도, 또 이후에 나온 시집들에도 일관되게 시인이 그리고 있는데, 이 시집에서는 특히 아버지에 초점을 맞춘 시들이 많다. 시

〈앉아 있는 모습〉은 휠체어에 앉아 있는 아버지를 그리고 있다. 시인은 꼼짝 없이 앉아 있는 아버지가 걷기를 간절히 바란다. 일어서서 걸으라고 아무리 재촉하고 권하고 책망해도 꼼짝 않고 "마치 다리가 무릎에서 잘린" 것처럼 앉아만 있는 아버지.

하지만 나는 당신이 걷기를 바랐어요.
여름 저녁에 팔짱을 끼고,
우리가 연인처럼 걷기를 바랐어요,
그리고 그런 상상을 너무너무 믿었기에
나는 말해야 했어요, 당신이 일어서도록 재촉해야 했지요.
당신은 왜 내가 말을 하도록 했나요?
당신 얼굴에 어린 고뇌를 받아들이듯 나는 당신 침묵을
움직이기 위한 노력의 일부로 받아들였지요—
내가 손을 내밀고 영원히 서 있는 것 같았어요.

〈앉아 있는 모습〉 부분

이 시를 읽으며 우리말로 옮기고 있을 때 나 또한 노년의 부모님을 속절없이 바라보고 있는 중이다. 한쪽 눈의 시력을 황반변성으로 잃은 아버지는 이제 귀도 멀어져 보청기를 맞추셨다. 시신경에 더해 청신경도 한번 소실되면 다시 돌아오지 않는다고 한다. 아버지는 시신경도, 청신경도 이제 반만 남은 상태다. 아버지 보청기를 맞추러 내려갔다 올라온 직후 엄마가 병원에 입원하셨다. 대수롭지 않은 소화 불량으로만 생각했는데, 한쪽 폐가 피로 가득해서 피를 계속 뽑아내야 했다. "엄마, 좀 어떠세요? 기운 내세요. 아버지, 바닷가에서 산책 좀 하고 오세요." 매일 아침저녁으로 나는 당부하고 보챈다. 나는 부모님의 늙음을, 병을, 아직 받아들이지 못하고 있다. 마치 앞의 시에서 글릭이 아버지에게 "여름 저녁에 팔짱을 끼고 / 우리가 연인처럼 걷기를" 바랐다고 말하는 것처럼, 자꾸만 일어서라고 재촉하는 것처럼 그렇게 나도 부모님께 매일 재촉하는 딸이다.

그 시간에 글릭 시를 읽으며 앉아 있는 아버지, 그의 침묵을 "움직이기 위한 노력의 일부로" 받아들였다는 시의 목소리에 나도 전이되었다. 그래, 부모님은 그 나름으로 늙음과, 병과, 속절없음과, 매일 사투를 벌이고 계신 것임을, 시인이 힘겹게 깨달아 갔듯이 나 또한 힘겹게 알아 가고 있는 중이다. 어느 날 엄마가, "야야, 나도 최선을 다해 늙어 가고 있는데 너무 보채지 마라. 우린 우리 나름으로는 최대한 하느라 하는 중이다"라고 말씀하셨을 때, 나는 그만 이리저리 하세요, 보채던 말을 잊고 목이 콱 메어 왔던 것이다.

시인이 먼저 밟은 그 길은 우리 모두가 걷는 길이고, 누구도 자신이 경험하기 전에는 알지 못하는 그 길을, 그 공부를, 나도 따라 걷고 있다는 생각만으로도 위안이 된다. 일어서지 못하는 아버지를 딸은 "손을 내밀고 영원히 서 있는 것 같은" 느낌으로 지켜보면서 그 마음을 짐작하고 수긍한다. 우리에겐 어쩌면, 늙어가는 부모님을 필요 이상으로 재촉하고 타박할 수 있는 권리도 없는 것이다. 그들은 그들 나름으로 최선을 다해 늙어 가고 있는 것이기에.

글릭에게 아킬레우스의 승리는 어디에도 비할 바 없는 온 존재의 슬픔을 겪는 아킬레우스의 사랑이고 상실이다. 그의 슬픔은 떠나는 아버지를 바라보는 딸 글릭에게도 고스란히 이입되고, 먼 땅에서 그의 시를 옮기고 있으면서 부모님에게 자주 달려가지 못하는 번역가-딸에게도 그대로 이입된다. 아킬레우스의 승리는 아킬레우스의 슬픔, 시인은 시를 쓰면서 자기 인생을 돌아본다. 어린 날 자기를 안고 있던 그 든든한 아버지는 이제 사라졌다, 사냥감을 물고 배회하던 매가 속절없이 사라진 것처럼(〈매의 그림자〉).

연작시 〈변신〉 또한 죽음의 천사가 드리운 아버지를 바라보는 딸의 시선이 그려지는데, 아버지를 꼭 빼닮은 딸은 점점 사그라지는 아버지를 보면서 아버지 없이 사는 법을 익힐 거라는 다짐을 하고 또 한다. 그건 마치, 그럴 수 없음을 알기 때문에 자꾸 하게 되는 가짜 약속과도 같다. 다음 시집 《아라라트 산》에서 아버지를 떠나보낸 이의 의식에 드리운 깊은 어둠과 슬픔을 보면 우리는 그걸 더 선연하게 알 수 있다. 하지만 이 시집의 목소리만으로도 우리는 시인이 계속해서 되뇌는 약속이란 것이 그만큼 아버지의 병과 죽음으로 가는 과정을 지켜보는 이의 슬픔, 불가능한 별리를 앞에 둔 자의 안간힘이란 것을 잘 안다.

한때 당신이 당신 자신을 구할 수 있었다면,
이제 그 시간은 지나갔다: 당신은 고집스럽고,
한심하게도 변화엔 눈을 감았다. 이제 당신, 아무 것도 아니다:
당신에게, 집은 묘지일 뿐이다.
화강암 표식에다 얼굴을 누르고 있는 당신을 나는 봐 왔다―
당신은 거기서 자라려고 애쓰는 이끼다.
하지만 당신은 자라지 않을 것이다.
당신은 스스로는 아무것도
지우지 못할 테니까.

〈어른의 슬픔〉 부분

늙음을 바라보는 시선이 때로는 다소 냉소적으로 표현되지만 우리는 안다. 그 과정 자체가 안간힘이라는 걸, 한때 무언가가 되고 싶었으나, 그래서 열심히 최선을 다해서 살았으나, 결국 아무것도 아닌 것으로 되어 가는 길. 그게 필멸의 운명을 사는 우리 모두의 삶이라는 것을. 묘지 화강암 표식에 얼굴을 누르고 묘지 화강암에서 자라려고 애쓰는 이끼는, 비단 그의 아버지만의 운명이 아닌 것이다. 우리 각자도 우리를 구하고, 사랑하는 대상을 구하고, 날개를 펴고, 알콩달콩 살면서 꿈을 꾸지만, 결국은 아무 것도 아닌 존재로 사그라든다는 것을 글릭은 어떤 울먹임 없이 차분히 직시한다. 그 힘은 감정을 섞지 않고 바라보고 관찰하는 시선에서 나온다.

이 시집에는 일상을 담은 이야기와 예쁜 사랑 이야기도 많은데, 나는 지금 늙어감에 대해, 그를 바라보는 어떤 건조한 슬픔에 대해서만 이야기를 하고 있다. 그의 시를 우리말로 옮기는 나는 이 시들을 쓰고 있던 글릭보다 더 나이를 먹었지만, 글릭이 지나고 있는 시절을 지금 고스란히 겪고 있는 중이기에 시선이 자꾸 그쪽으로 모아진다. 신화와 성경 등 옛 이야기들의 파편들을 엮어서 시인은 아버지의 삶을 돌아보고, 아버지가 만든 가족을 되살리고, 아버지의 아버지를 그린다.

시 〈신화〉에서는 아버지의 아버지, 즉 글릭의 조부의 삶이 그려진다. 학자이자 재산가였던 할아버지가 대서양을 건너 와 미국이란 나라에서 공장 노동자가 된다. 헝가리 이민자들은 미국의 이민 사회에서도 가장 낮은 계층에서 멸시를 받았다. 이산의 삶을 산 자의 패배와 불행을 시인은 어떤 비감도, 어떤 과장도 없이 바라본다. 어쩌면 그게 '신화'다. 훨씬 오래 전에 정착해서 부유한 가문을 일군 어머니 집안에 비해서 아버지의 집안은 작고 초라하지만 시인에게 글을 읽고 쓰고 탐구하는 유전자를 물려준 쪽은 아버지다. 사업가

이자 발명가 아버지. 미국에서 예술가들이 쓰는 나이프의 브랜드 1위 제품인 작토(X-Acto) 나이프를 발명했고 수십 개의 발명 특허를 가지고 있던 아버지다. 그처럼 침착하고 탐구적이고 드높던 아버지가 속절없이 사그라지는 것. 아버지를 꼭 닮은 딸은 죽음으로 걸어 들어가는 아버지를 울지 않고 바라본다. 불행이되 불행이 아닌, 침착하고 드높은 자긍심의 세계란 것은 그런 것이다.

글릭의 네 번째 시집에서 나는 본다. 이미 어떤 세계가 서서히 무너지고 있음을. 죽어 가는 것은 부모님, 혹은 인간만이 아니어서 세계 또한 서서히 무너지고 있으니, 옛 세계를 구축하고 있던 소중한 가치들, 작고 따뜻한 세계들이 멀어지고 사라지고 있다. 자라는 나무는 그냥 자라지 않는다. 몸부림치며 뒤틀리며 자란다. 모든 것이 변하는 세상에서 반드시 패배하는 운명인 인간은 패배를 끌어안기 때문에 아름답다. 폐허 위에서, 궁극에는 패배할 운명을 사는 사람들 속에서 끝내 사랑을 보는 시인. 그가 나의 아킬레우스, 나의 슬픔, 나의 전사다.